Había una casa muy grande rodeada de árboles.

También había un establo y un tractor y algunas gallinas.

Tragué saliva cuando vi esas cosas *picadoras*.

Porque las gallinas tienen los labios puntiagudos, como los gallos.

Rápidamente, me agaché en el piso del autobús.

Después escondí mi mochila con mucho cuidado. Porque a lo mejor, si me quedaba muy quieta, Seño no me vería. Y me podría quedar escondida todo el rato.

**Títulos de la serie en español de Junie B. Jones por Barbara Park**

*Junie B. Jones y el negocio del mono*
*Junie B. Jones y su gran bocota*
*Junie B. Jones espía un poquirritín*
*Junie B. Jones ama a Warren, el Hermoso*
*Junie B. Jones y el cumpleaños del malo de Jim*
*Junie B. Jones y el horrible pastel de frutas*
*Junie B. Jones tiene un monstruo debajo de la cama*
*Junie B. Jones no es una ladrona*
*Junie B. Jones tiene un "pío pío" en el bolsillo*
*Junie B. Jones es una peluquera*

# Junie B. Jones tiene un "pío pío" en el bolsillo

por Barbara Park
ilustrado por Denise Brunkus



SCHOLASTIC INC.
New York Toronto London Auckland Sydney
Mexico City New Delhi Hong Kong Buenos Aires

Originally published in English as
*Junie B. Jones Has a Peep in Her Pocket*

Translated by Aurora Hernandez.



ISBN 0-439-66122-6


Published by Scholastic Inc. by arrangement with Writers House.


12 11 10 9 8 7 6 5 7 8 9/0

Printed in the U.S.A. 40

First Spanish printing, December 2004

# Contenido

# 1 / Un lío

Me llamo Junie B. Jones. La B es de Beatrice, solo que a mí no me gusta Beatrice. Me gusta la B, y ya está.

Tengo casi seis años.

Cuando tienes casi seis años, te toca ir a la escuela. Y por eso, en verano, mamá me llevó a la oficina de la escuela. Y me inscribió en el kindergarten de la tarde.

Inscribirse es la palabra que usan los mayores para decir que te han apuntado y tienes que ir a la fuerza.

¿Pero sabes qué?

Que casi no me importa ir ahí. Porque en el sitio ese tengo dos *supermejores* amigas, ¡por eso!

Se llaman Lucille y la tal Grace.

Somos tal para cual.

Mi maestra se llama Seño. También tiene otro nombre. Pero a mí me gusta Seño, y ya está.

Aunque aquí está el problema. Justo cuando me empezaba a gustar el kindergarten de la tarde, Seño anunció algo en el salón de clases. Y dijo que muy pronto, ¡se iba a terminar la escuela!

Yo tragué saliva con esa noticia tan horrible.

—¡No, Seño! ¡No, no, no! ¿Cómo va a terminar la escuela? Porque mi mamá me dijo que tenía que venir a la escuela hasta que fuera adolescente. ¡Y ni siquiera tengo seis años!

Seño sacudió la cabeza.

—Ay, cielo, perdona, Junie B. —dijo—. Creo que no me has entendido bien. La escuela no termina para siempre. La escuela solo cierra por las vacaciones de verano.

Me sonrió.

—Tú, como el resto de la clase, volverás a la escuela en septiembre. Pero ya no estarás en el Salón Nueve.

Saqué un papel y un crayón muy rápido.

—Está bien. Entonces dígame el nombre de mi nuevo salón —dije—. Porque voy a tener que decirle a mamá adónde me tiene que llevar.

Seño frunció el ceño.

—Lo siento —dijo—. Pero en este momento no sé en qué salón vas a estar el año que viene.

Ahora yo también fruncí el ceño.

—Entonces ¿qué se supone que tengo

que hacer? ¿Dar vueltas por la escuela hasta que la encuentre a usted y a toda esta gente?

Seño me miró de forma rara.

—Sigues sin entender —dijo—. El año que viene tendrás otra maestra, Junie B. El año que viene estarás en primero.

—¿Primero de qué?

—Primer grado —dijo.

Justo entonces, me puse mal de la ba-

rriga. Porque ni siquiera me gustan los de primer grado, pues por eso. Los de primer grado me tratan mal en el recreo. Y no quiero estar en el mismo salón que esos.

Al ratito, un niño que se llama William empezó a moquear mucho. Porque William odia a los de primero mucho más que yo.

Eso es porque una vez, uno de primero le robó a William su gorro con las orejas que cuelgan. Y se lo puso a un perro que pasó corriendo por el patio de recreo. Y el perro se escapó para siempre con el gorro de las orejas que cuelgan.

Le di unas palmaditas a William muy amable.

—Yo y William no queremos estar en el mismo salón que los de primero —le dije a Seño—. Yo y William preferimos la gente de nuestra edad.

—Yo también —dijo mi *supermejor* amiga Lucille—. Yo también prefiero la gente de mi edad.

—Yo también —gritó un niño que se llama Paulie Allen Puffer.

—Yo también —dijo una niña que se llama Charlotte.

Seño nos dijo *shhh*.

—Niños y niñas, por favor. Ninguno de

ustedes ha entendido bien —dijo—. Tengo que aclarar esto ahora mismo. El año que viene, cuando vuelvan a la escuela, no estarán en el mismo salón que los niños que están ahora en primero. El año que viene, estos niños pasarán a segundo grado. Y ustedes entrarán en primero. ¿Entienden?

Yo pensé y *requetepensé*.

De pronto, se me encendió una bombilla en la cabeza.

—¡Ahhh! ¡Ya lo entiendo! ¡Todos los grados van para arriba! ¿Verdad, Seño? ¡Todos!

Ella dio palmadas.

—¡Eso es! ¡Exactamente! —dijo muy contenta—. ¿Ya puedo seguir anunciando lo que les tengo que decir?

Me alisé mi falda muy coqueta.

—Sí, ya puede —dije muy educada.

—Bien —dijo Seño—. Como les estaba diciendo antes, tengo muy buenas noticias para el Salón Nueve. Este año, por primera vez, ¡vamos a hacer una excursión de fin de curso!

Sonrió mucho.

—¡Vamos a ir a una granja! ¿No les parece divertido?

—¡UNA GRANJA! —gritaron los chicos—. ¡UNA GRANJA! ¡UNA GRANJA! ¡VAMOS A IR A UNA GRANJA!

Después Lucille me abrazó muy contenta.

—¡Una granja! —dijo con su voz chillona en mi oreja.

—Una granja —dije muy apagada.

Porque ¿sabes qué?

Que las granjas no son mis sitios preferidos.

# 2/ Stubby

Esa noche, cené con mamá y papá y mi hermano bebé que se llama Ollie.

Solo que yo no podía tragar muy bien. Porque estaba preocupada por lo de la excursión. Pues por eso.

—No quiero ir —dije—. No quiero ir a la granja con el Salón Nueve. Porque una granja es el sitio más peligroso que he visto en mi vida.

Papá me miró sorprendido.

—¿Pero qué estás diciendo, Junie B.? —dijo—. ¿Por qué va a ser peligrosa una granja?

—Por los ponis, está claro —dije—. Los ponis son peligrosos. Las granjas tienen ponis que corretean por el campo. Y los ponis te pueden *tropellar*, tirarte al suelo y matarte hasta que estés muerto.

Mamá se tapó la cara con las manos.

—No, Junie B., por favor. No vengas otra vez con la historia de los ponis. Ya hemos hablado de esto miles de veces. Te he dicho una y otra vez que los ponis no hacen daño.

—¡Sí que hacen daño, mamá! —dije—. ¡Lo vi en la tele con mis propios ojos!

Mamá miró a papá.

—Ese es el programa tan tonto que le deja ver la niñera —dijo—. Se llama...

—EL ATAQUE DE LOS PONIS —grité—. ¡SE LLAMA EL ATAQUE DE LOS PONIS!

Después de eso, papá también se tapó la cara. Entonces, de repente, empezó a matarse de risa. Y no podía parar.

Mamá se chupó los cachetes.

—Muchas gracias —dijo—. Ya veo cómo ayudas.

Entonces, papá se levantó de la silla. Y se fue a su cuarto castigado.

En ese momento yo y mamá tuvimos otra charla muy larga sobre los ponis.

Me dijo que su tío Billy tenía una granja. Y que en la granja había un poni que se llamaba Stubby. Y que Stubby era manso como un corderito.

—Tío Billy tenía todos los animales que te puedas imaginar —dijo mamá—: cerdos, vacas, ovejas, gallinas, cabras. Incluso tenía un gallo malo que se llamaba Espuelas. Pero de todos los animales, el más bueno era el poni. —Mamá sonrió—. Junie B., a ti te hubiera encantado Stubby —dijo—. Me seguía a todas partes como si fuera un perrito.

—¿Ah, sí? —dije.

—Sí —contestó—. De verdad, mi amor, yo nunca te dejaría ir a una granja si hubiera la más remota posibilidad de que los animales te fueran a hacer daño. Tío Billy tenía en su granja los animales más buenos que he visto en mi vida.

Mamá sonrió un poquito.

—Bueno, todos menos el viejo gallo malvado —dijo.

Justo entonces, papá volvió a entrar en la cocina.

Me pidió *culpas*.

—Lo siento, Junie B. No tenía que haberme reído. Pero es que ese programa de la tele que viste es tan ridículo que no lo pude evitar.

Después de eso, se sentó a la mesa. Y firmó la hoja en la que me daba permiso para ir a la granja.

—Te va a encantar esta excursión —me dijo—. Te compraremos una de esas cámaras para usar y botar. Y podrás sacar fotos de todos los animales que veas.

—Qué buena idea —dijo mamá—. Y te llevaré de compras para que te pongas un overol nuevo. Y además te dejaré que lleves tu almuerzo preferido.

Entonces, me bajé de mi silla muy tranquila. Y me fui a mi cuarto.

Luego me trepé a mi cama. Y abracé muy fuerte a todos mis muñecos de peluche.

Porque seguía pensando y pensando lo que me había dicho mamá de los animales del tío Billy. Pero sobre todo, seguía pensando en el viejo gallo malvado.

Y todo porque una vez en la escuela, un

niño que se llama el malo de Jim trajo un gallo para el día de las mascotas. Y dijo que los gallos te pueden picotear la cabeza hasta convertirla en una canica. Y te aseguro que eso no es nada agradable.

Abracé a mis animales más fuerte todavía.

Porque ¿sabes qué?

Que los gallos dan *tropecientasmil* veces más miedo que los ponis.

# 3 / Fotos

A la mañana siguiente, mamá me llamó a desayunar.

—Buenos días —dijo mamá.

—Buenos días —dijo papá.

—Buenos días —dije—. Los gallos te pueden picotear la cabeza hasta convertirla en una canica.

Papá dejó su taza en la mesa.

—¿Qué?

Señalé mi cabeza.

—Una canica —le expliqué—. Una canica es una pelotita muy pequeña. Los gallos te pueden convertir la cabeza en una canica.

Mamá me miró extrañada.

—¿A qué viene esto?

Le resoplé.

Porque ¿cómo hay que explicarles las cosas a estos para que se enteren?

—¡Una canica! ¡Una canica! ¡Una bola redonda y dura! Y ahora no me digas que los gallos no picotean. Porque en mi escuela tenemos el Día de las Mascotas. Y el malo de Jim trajo un gallo al Salón Nueve. Y ese niño es un experto en gallos.

Yo la miré.

—Además, tú dijiste que el gallo de tío Billy también era malo. ¿Verdad, mamá? ¿Te acuerdas?

Mamá me miró *fustrada*. Después puso

la cabeza encima de la mesa. Y no la levantó durante un rato muy largo.

Por fin, miró de reojo a papá.

—¿Y ahora qué? —preguntó en voz baja.

—A lo mejor se le pasa —dijo papá.

Yo sacudí la cabeza.

—No, no se le pasa —les dije—. Porque los gallos no atienden a razones. Así que no podemos hacer nada con este asunto de los picotazos.

Papá se frotó los ojos.

—¿Podríamos cambiar de tema? —dijo.

—Sí, ya, solo que no hablar de las canicas no va a hacer que desaparezcan —dije—. Y por eso...

—Ya basta —dijo papá muy gruñón.

Yo dejé de hablarles rápido.

Pero aunque cambiamos de tema, en mi cabeza seguían estando las canicas.

Ese día en la escuela, Seño nos dijo que hiciéramos un dibujo de nuestra excursión a la granja. Dijo que dibujáramos algo colorido que quisiéramos ver allí.

Yo dibujé y dibujé. Y también coloreé y coloreé.

Cuando todos terminamos nuestros dibujos, nos sentamos con las sillas en un círculo grande. Y nos explicamos lo que habíamos dibujado.

Mi *supermejor* amiga que se llama Lucille fue la primera.

Hizo un dibujo de un flamenco rosado.

—Los flamencos son mis animales preferidos —dijo—. Eso es porque el rosado es mi color preferido. Y los flamencos son rosados. Y tengo un vestido rosado que hace juego con ellos perfectamente. Así que ese será el vestido que me ponga para la excursión.

Arrugó su naricita muy linda.

—El rosado resalta el color natural de mi cutis —le dijo a Seño—. ¿Alguna vez ha notado la piel tan suave y *ciertopelada* que tengo?

Seño miró y *requetemiró* a la chica esa.

—Eres una niña increíble, Lucille. Pero me temo que en la granja no hay flamencos.

Lucille pareció sorprendida.

—Entonces, ¿dónde hay? —preguntó.

—Bueno, en muchos sitios hay flamencos —dijo Seño—. Por ejemplo, en Sudamérica.

Lucille movió los hombros.

—Muy bien, pues entonces ahí es donde tenemos que ir.

Seño le dijo a Lucille que por favor se sentara.

Después de eso, Paulie Allen Puffer salió *escopeteado* de su silla.

—¡Mire, señorita! ¡Yo dibujé un pez gato! —dijo—. ¿Ve los bigotes? Mi hermano dice que los bigotes de los peces gato son tan afilados que te pueden cortar el dedo hasta el hueso.

Seño puso cara de asco.

—Sí, muy bien, gracias por contarnos eso, Paulie Allen. Pero no vamos a ir de pesca. Vamos a una granja ¿recuerdas?

Paulie Allen Puffer parecía enojado.

—Sí, pero mi hermano me dijo que por aquí hay muchos peces gato. Así que

creo que el tipo de granja al que deberíamos ir...

—No, Paulie, no —dijo Seño—. Vamos a ir a una granja normal, de las de siempre. Con animales de granja normales.

Paulie Allen Puffer dio un resoplido enojado.

Dijo la palabra *recórcholis*.

Después de eso, Paulie Allen Puffer tuvo que quedarse de pie en el pasillo.

Seño hizo varias respiraciones profundas.

—Por favor, niños, por favor. ¿Alguien ha dibujado algún animal normal de una granja? El que sea. Eso es lo único que me interesa ahora. Un animal común y corriente de la granja.

—¡Yo! ¡Yo, Seño! —grité muy contenta—. ¡Yo he dibujado un gallo debajo de un árbol!

—¡Ay, Junie! ¡Gracias! ¡Eso es perfecto! —dijo.

Lo levanté para que lo pudiera ver.

—¿Lo ve, Seño? ¿Ve qué lindo es?

Seño miró mi dibujo.

—Eh, sí. Es un árbol muy lindo, Junie B. —dijo—. ¿Pero por qué está tumbado?

—Porque se cayó en una tormenta —dije.

—Oh —dijo Seño—. Dios mío.

Miró más de cerca todavía.

—Pero, cielo, no veo el gallo.

Lo señalé.

—Aquí —dije—. ¿Ve este pie que sale por debajo de esta rama? Por lo visto, no consiguió escapar a tiempo.

Seño se tapó la boca con la mano.

Justo entonces, una niña que se llama Charlotte gritó:

—¡No me gusta ese dibujo! ¡Es un dibujo horrible!

Yo me crucé de brazos por esa chica.

—No dirías eso si tu cabeza se convirtiera en una canica, graciosa —dije.

El malo de Jim se rió muy fuerte.

Luego Seño nos dijo que volviéramos a poner las sillas en nuestras mesas.

Y ya no mostramos más dibujos de la granja.

# 4/ Quiquiriquí

El sábado, mamá vino a mi cuarto. Dijo que íbamos a ir a comprar la ropa para la excursión a la granja.

Levanté la vista de mi libro para colorear.

—No, gracias —dije—. Es que ese día me va a dar fiebre. Y al final no voy a poder ir a la granja.

Mamá se rió.

—No seas tonta —dijo.

Después me cargó. Y me llevó en brazos hasta el auto.

—Ya, pero aquí hay un problema. Que no estás respetando mis deseos —dije.

Mamá se rió un poco más.

—Te prometo que esto va a ser divertido.

Yo resoplé enojada.

—Lo que tú digas —dije.

"Lo que tú digas" es lo que dicen los mayores para decir "es la tontería más grande que he oído en mi vida".

¿Y sabes qué?

Que yo tenía razón. Ir de compras no fue nada divertido. Porque mamá no paraba de hacerme probar ropa que yo no quería.

Primero me hizo probar una camisa con cuadros cuadrados. Después me hizo probar un overol con unos bolsillos gigantescos. Y además me ató un pañuelo al cuello. Y me puso un sombrero de paja en la cabeza.

Me miré en el espejo.

—Fíjate, parezco un espantapájaros —dije.

Pero peor para mí. Porque mamá dijo

que estaba monísima. Y me compró toda esa ropa. Y además también me compró la cámara de usar y botar.

Cuando llegamos a casa, me puse a colorear otra vez.

Mamá colgó mi ropa nueva.

—¿Quieres que te enseñe ahora a usar la cámara? —preguntó.

—No, gracias —dije—. Porque ese día voy a tener fiebre. Y al final no voy a poder ir a la granja.

Después de eso, mamá dio un suspiro muy grande.

Y cerró la puerta.

Y me dejó colorear en paz.

¡Me han tomado el pelo!

Porque el día de la excursión, le dije a mamá que tenía fiebre. Pero esa mujer ni siquiera me creyó.

En vez de eso: ¡me tomó la temperatura!

Y entonces ¿qué tipo de confianza es esa? ¿Eh?

—No tienes fiebre —me dijo.

Entonces, mamá me vistió con mi ropa de granja. Y me llevó directo a la escuela.

Nos metimos en el estacionamiento.

—¡Oh, no! —dije—. ¡Oh, no! ¡Oh, no!

¡Porque ya estaba allí el autobús para la excursión! ¡Estaba estacionado en la calle!

—Hazme caso, Junie B. —dijo mamá—. Vas a pasar un día maravilloso.

Después me sacó del auto. Y me llevó arrastrada hasta mi maestra.

—Buenos días, Junie B. —dijo Seño—. Mira qué linda estás hoy.

Me toqué la frente.

—Estoy enferma —dije.

Seño sonrió.

—Me encanta tu sombrero de paja.

—La cabeza me arde como una bola de fuego —dije.

Seño se agachó donde yo estaba.

—Y ese pañuelito es ideal.

—Me quemo, ¡socorro, bomberos! —grité.

—Basta ya —dijo mamá.

Después de eso, mamá me metió en el autobús. Y me dio la mochila con mi almuerzo y la cámara.

Me dijo adiós con la mano.

Yo no le contesté. Porque mi mano no tenía ganas de ser simpática.

Justo entonces, mi *supermejor* amiga que se llama Grace vino corriendo donde yo estaba.

—¡Junie B.! ¡Junie B.! ¡Lucille y yo te hemos guardado un lugar!

Entonces me agarró del brazo. Y me llevó hasta la parte de atrás.

Me senté al lado de Lucille.

—¡No! —dijo la tal Grace—. ¡Ese es mi sitio, Junie B.!

Me sacó de ahí superrápido.

—Entonces ¿dónde se supone que me tengo que sentar? —pregunté.

Lucille señaló al otro lado del pasillo.

—Justo ahí, tonta —dijo—. Te sientas justo al otro lado de Grace y de mí. Y así es casi como si estuviéramos sentadas juntas. Solo que tú estarás separada.

Me senté.

—Pero aquí no hay nadie con quien hablar —le dije.

Justo en ese momento, el malo de Jim salió de detrás de mi asiento.

—¡Estoy yo! ¡Puedes hablar conmigo! —dijo riéndose.

Luego se acercó a mi oreja. Y gritó:

—¡QUIQUIRIQUÍ!—. Justo en mi oreja.

—Qué lástima que te den miedo los ga-

llos —dijo—. Los gallos saben que les tienes miedo, Junie B. Pregúntaselo a quien quieras. Los gallos siempre picotean primero a los cobardes.

—¡De eso nada, Jim! —contesté—. Te lo estás inventando. Creo. Y de todas formas, si los gallos picotean la cabeza de la gente, todos los granjeros tendrían cabezas de canica. Y no es así. Así que... Ja, ja.

Jim levantó una ceja.

—¿Estás segura de que los granjeros no tienen cabezas de canica? —dijo un poco siniestro—. ¿Eh? ¿Estás segura?

Sonrió burlándose.

—¿Por qué crees que los granjeros usan sombrero?

Jim se acercó un poco más.

—Para taparse las canicas, pues por eso —susurró.

Entonces me quitó el sombrero.
Y me dio golpecitos en la cabeza.
Y volvió a decir quiquiriquí.

# 5/ I-A-I-A-O

El autobús caminó durante mucho tiempo.

Paulie Allen Puffer estaba sentado con el Jim ese que no puedo soportar. Por el camino, se puso de pie detrás de mí.

—¡Junie B.! ¡Junie B.! ¡Escucha la canción que me acabo de inventar! —dijo.

Entonces, él y Jim empezaron a cantar su canción todo lo fuerte que pudieron:

"El viejo MacDonald tiene una canica.

I-A-I-A-O.

Y en su canica tenía un sombrero.

I-A-I-A-O.

Con un ¡ay! ¡ay! por aquí.

Y un ¡ay! ¡ay! por allá.

¡Ay! ¡Ay! ¡Ay! Y nada más.

El viejo MacDonald tenía una canica.

I-A-I-A-O".

Al final, me tapé las orejas con las manos para no oírlos más.

Después canté yo solita mi propia canción.

Se llama: "Ja, Ja. ¡No te oigo!".

Yo misma me inventé la letra.

"Ja, ja. ¡No te oigo!

Ja, ja. ¡No te oigo!

Ja, ja. ¡No te oigo!"

La canté unas *tropecientas* veces. Creo.

De repente, el autobús giró y se metió por un camino de tierra.

Y... ¡oh, no!

¡Estábamos en la granja!

—¡Ya llegamos! ¡Ya llegamos! ¡Ya llegamos! —gritaron todos los chicos muy contentos.

Yo miré por la ventana.

Había una casa muy grande rodeada de árboles. También había un establo y un tractor y algunas gallinas.

Tragué saliva cuando vi esas cosas *picadoras*.

Porque las gallinas tienen los labios puntiagudos, como los gallos.

Rápidamente, me agaché en el piso del autobús.

Después escondí mi mochila con mucho cuidado. Porque a lo mejor, si me quedaba muy quieta, Seño no me vería. Y me podría quedar escondida todo el rato.

Lucille y la tal Grace se levantaron de sus asientos. Yo les dije que *¡shhh!*

—No le digan a la maestra que estoy aquí. En serio —susurré.

Pero peor para mí. Porque justo entonces oí el peor sonido del mundo mundial.

Era el ruido de un niño tonto y bobo que lo cuenta todo.

—¡SEÑORITA! ¡SEÑORITA! ¡JUNIE B. JONES ESTÁ ESCONDIDA EN EL PISO! ¡LA VEO! ¡LA VEO! —gritó el malo ese de Jim.

—*¡SHHH!* —grité.

Pero Jim no se *shhh*.

Al revés, empezó a saltar encima del asiento. Y me señalaba con el dedo.

—ESTÁ INTENTADO ESCONDERSE DEBAJO DE SU MOCHILA PARA QUE NO LA VEAMOS. ¡PERO YO LA VEO CASI ENTERA PERFECTAMENTE!

Se bajó del asiento y se burló de mí con la mano.

—Na-na —dijo. Luego siguió a Lucille y Grace y salió del autobús.

Después de eso, mi corazón empezó a dar saltos. Porque oí ruidos de pisadas. Pues por eso.

Me encogí todo lo que pude.

—¿Junie B.?

Era la voz de Seño.

Yo no contesté.

—Junie B., te veo muy bien. Tu mochila no es lo suficientemente grande para taparte entera —dijo.

Miré hacia arriba muy despacio.

—Hola. ¿Cómo está? —dije un poco nerviosa—. Yo estoy bien. Y lo que pasa es que no me estoy escondiendo.

Seño se cruzó de brazos.

—Entonces, ¿qué estás haciendo? —me preguntó.

Tragué saliva.

—Me estoy arreglando —dije.

—¿Arreglando qué? —preguntó Seño.

Pensé muy rápido.

—Arreglando el piso —le dije.

Me quité muy rápido el pañuelo. Y me puse a limpiar el piso con él.

—Buenas noticias —dije—. Ya está limpio.

De repente, oí un chasquido.

Moví la cabeza y vi unas botas.

—Junie B. Jones —dijo Seño—. Quiero que conozcas al granjero, el señor Flores. El señor Flores es el dueño de esta preciosa granja que hoy vamos a visitar.

Levanté los ojos muy despacio.

Después, por fin, miré hasta la parte de arriba de su cabeza.

En ese momento, mis brazos se pusieron de carne de gallina.

Porque ¿sabes qué?

Que el granjero Flores llevaba un sombrero.

# 6/ El granjero Flores

El granjero Flores sonrió amable.

—Tu maestra me ha dicho que no estás muy contenta de estar aquí hoy —dijo.

Me volví a tocar la frente.

—Estoy enferma —dije.

—Sí, ya, he estado pensando qué podía hacer para que esta visita te fuera agradable. Y me estaba preguntando si a lo mejor hoy te gustaría ser mi ayudante especial en la granja. ¿Tú sabes lo que es ser un ayudante especial de la granja?

Sacudí la cabeza para decir que no.

—Pues bien, por un lado, el ayudante especial es el que puede caminar con el granjero por la granja delante de todos. ¿Crees que te gustaría hacer eso?

Yo levanté los hombros arriba y abajo.

—No sé. A lo mejor —dije.

—Y el ayudante especial también es el primero en sentarse en el tractor —dijo el granjero Flores—. ¿Eso te parece divertido?

Suspiré muy fuerte.

—No sé. A lo mejor —dije.

—Ah —dijo—. Pero lo más importante de todo es que el ayudante especial me tiene que ayudar a poner orden entre todos los niños.

Justo entonces, mi boca se abrió hasta atrás.

—¿A poner orden? —pregunté entusiasmada—. ¿Quiere decir que podré mandar a los otros chicos?

El granjero Flores se frotó la barbilla.

—Eh, sí. Supongo que se podría decir así —dijo.

Agarré mi mochila superrápido.

—Bien, entonces ¿a qué estamos esperando, granjero? —dije.

Después de eso, salí corriendo del autobús superrápido. Y di unas palmadas muy fuertes.

—MUY BIEN, MUCHACHOS. PÓNGANSE EN FILA. ¡EL GRANJERO FLORES NOS VA A ENSEÑAR ESTE SITIO! ¡Y NO TIENE TODO EL DÍA, AMIGOS!

Al poco rato, el granjero Flores y Seño salieron del autobús.

Les dijeron a los niños que se pusieran de dos en dos, tomados de la mano.

—¡YA LO OYERON, MUCHACHOS!

—grité—. ¡DE DOS EN DOS! ¡HOY VAN A IR DE LA MANITA DE DOS EN DOS!

De repente, Seño se agachó hasta mi oreja.

—Ayudar al granjero Flores no quiere decir ser grosera, Junie B. —dijo—. Quiero que ayudes y seas amable.

—Pero si estoy ayudando y estoy siendo amable —dije—. Porque todavía no le he dicho a ninguno que cierre la boca.

Justo entonces, me fui dando saltitos hasta el final de la cola para vigilar a Paulie Allen Puffer y a Jim.

—No les voy a quitar el ojo a estos dos payasos —dije muy simpática y amable.

Jim me volvió a hacer el quiquiriquí.

—Ya, pero peor para ti, Jim —dije—. Porque ya he mirado por todas partes y no he visto ni un solo gallo. Así que... ¡Ja, ja!

Después de eso, volví dando saltitos hasta el principio de la cola. Y yo y el granjero Flores llevamos a los chicos al pasto.

El pasto es la palabra que usan en la granja para llamar a la hierba alta con valla.

¡Pero ya verás cuando oigas esto! ¡En ese pasto había cuatro caballos y dos ponis!

¡Y yo ni siquiera salí huyendo!

—¡ATENCIÓN, MUCHACHOS! ¡ATENCIÓN! —grité—. NO TENGAN MIEDO DE LOS PONIS Y LOS CABALLOS. QUÉDENSE QUIETOS Y ASÍ, SEGURAMENTE NO LOS ATACARÁN.

Pensé por un segundo.

—Y ADEMÁS, NO LES DEN PALOMITAS DE MAÍZ CON QUESO —dije.

Miré al granjero.

—Aprendí eso en el zoológico —dije.

Después, el granjero me tomó la mano. Y llevamos a los chicos al establo.

El establo es donde ordeñan las vacas.

Todos los del Salón Nueve se taparon la nariz al entrar en el sitio aquel. Porque los establos huelen a peste y paja.

El granjero Flores nos contó cómo se ordeñan las vacas. Nos mostró las máquinas que se enchufan a las vacas. Y también vimos unas latas gigantes donde ponen la leche.

Cuando terminó, nos preguntó si teníamos preguntas.

Yo levanté la mano.

—Si respiras el aire con peste y se mete en tu cuerpo, ¿la parte de dentro de tu cuerpo también huele a peste?

El granjero no me contestó. Solo que yo no sé por qué. Porque creo que esa era una pregunta difícil. Digo yo.

Después de eso, me volvió a tomar de la mano. Y llevamos a los chicos a otra parte del establo.

Allí había una vaca blanca y negra. El granjero nos mostró cómo se ordeñaba la vaca con la máquina de ordeñar.

Creo que a esto se le llama una vaca piloto.

Después, el granjero Flores terminó de hablar de vacas.

—Muy bien, niños y niñas. Vamos afuera a visitar otros animales —dijo.

Justo entonces, me puse un poco nerviosa por dentro. Porque... ¿qué pasaría si nos llevaba a ver un gallo?

Salí caminando con mucho cuidado.

¡Buenas noticias! El granjero Flores nos llevó al chiquero a ver los cerdos. Y luego, vimos las cabras y las ovejas. ¡Y acaricié la cabeza peluda de un corderito!

¡Y eso ni siquiera es lo mejor! Porque al rato, ¡apareció la señora Flores manejando un tractor rojo brillante! ¡Y yo fui la primera en sentarme allí con ella!

Le di mi cámara a la señora granjera muy rápido.

—¡Sáqueme una foto, por favor! ¡Sáqueme una foto subida al tractor!

Puse una sonrisa hasta atrás.

La señora me disparó.

—¡Va a quedar maravillosa! —dije.

Después de eso, bajé del tractor. Y saqué una foto a la vaca. Y una foto al cerdo. ¡Y una foto al corderito!

Y además, saqué fotos a mis *supermejores* amigas que se llaman Lucille y la tal Grace.

—¡Qué fotos más buenas, amigas! —dije muy contenta—. ¡Ya verán cuando las vean papá y mamá!

Luego me fui corriendo al bote de la basura. Y tiré la cámara allí mismo.

—¿Ves, Lucille? ¿Ves, Grace? Esto es una cámara de usar y botar. Mamá dijo que cuando termine de sacar fotos, la botamos y nos compramos otra. ¿A que es muy fácil?

—¡Increíble! —dijo Grace.

—Ya sé que es increíble, Grace —dije—. Además, mamá dice que las fotos salen fenomenal.

De repente, Seño vino corriendo y sacó mi cámara de la basura.

—Junie B., cielo, no puedes botar la cámara antes de revelar las fotos —dijo.

—Vaya —dije—. No hay nada fácil, ¿verdad?

Después de eso, Seño puso unas mantas en el suelo. Porque era la hora del picnic, ¡por supuesto!

Yo y Lucille y la tal Grace nos sentamos encima de una manta y abrimos nuestras loncheras.

—Hmm —dije—. Ensalada de huevo.

—Hmm —dijo la tal Grace—. Ensalada de atún.

—Hmm —dijo Lucille—. Ensalada de

cangrejo en un *croissant* crujiente, con un poco de lechuga al lado, con una salsa vinagreta *light* de frambuesa.

Y las tres nos comimos nuestros riquísimos almuerzos.

# 7 / Cresta

Después del almuerzo, era la hora de volver a juntar a los chicos.

Volví a dar palmadas.

—MUY BIEN, MUCHACHOS. YA BASTA DE DIVERTIRSE. BUSQUEN A SUS COMPAÑEROS Y PÓNGANSE EN FILA. PORQUE PARECE QUE EL GRANJERO FLORES QUIERE HABLAR MÁS.

El granjero me miró con el ceño un poco fruncido.

Luego me tomó de la mano. Y nos fuimos por la hierba hasta otra valla.

Dentro de la valla había una casa con varias gallinas.

—Muy bien, niños —dijo el granjero Flores—. Esta es la última parada de nuestra visita.

Señaló.

—¿Quién me puede decir qué es esa casita que hay ahí adentro?

Lucille dio saltitos muy contenta.

—¡La tienda de los recuerditos! ¡La tienda de los recuerditos! ¡Ya me estaba preguntando dónde estaría! —dijo muy emocionada.

El granjero Flores chasqueó los labios.

—Bueno, podría ser. Pero la mayoría de las granjas no tienen tiendas donde venden recuerdos.

Miró al resto de la clase.

—Les voy a dar una pista —dijo—. Mi

esposa y yo venimos aquí todas las mañanas para recoger huevos para el desayuno.

Justo entonces, un niño que se llama Roger empezó a dar saltos y a correr en círculos.

—¡LO SÉ! ¡LO SÉ! —gritó—. ¡ES EL GALLINERO!

El granjero Flores sonrió.

—¡Exacto! —dijo—. Es la casa donde las gallinas ponen huevos.

El granjero Flores abrió la puerta.

Yo me agarré a su camisa. Él se agachó a mi lado.

—¿Ahí también hay un gallo? —pregunté un poco asustada.

—Solo uno —dijo—. Pero hay muchas gallinas. ¿Quieres entrar a saludarlas?

Yo sacudí la cabeza muy rápido. Después me alejé de la puerta corriendo superrápido.

Paulie Allen Puffer y Jim se rieron y me señalaron.

—¡Mira a Junie B. Jones! —gritaron—. ¡Junie B. Jones tiene miedo de los gallos!

El granjero Flores les puso cara de pocos amigos a esos dos.

—¡Oigan, oigan, oigan! —dijo—. Me sorprenden ustedes dos. No tiene nada de malo ser precavido con los gallos.

Justo entonces, otros niños también se asustaron.

—¿Por qué? —preguntó Lucille—. ¿Nos va a picotear el gallo?

El granjero Flores negó con la cabeza.

—No —dijo—. Este gallo viejo es un buen chico. Pero eso no quiere decir que se puedan reír de Junie B.

Sonrió un poco.

—Yo llevo toda la vida en una granja —dijo—. Y de vez en cuando, todavía me encuentro con algún animal con el que no me llevo bien.

El granjero se rió.

—De hecho, antes teníamos una cabra que me mordía cada vez que me acercaba. Y durante años, le tuve que pedir a mi esposa que entrara ella en el corral y le diera de comer.

Después de eso, el granjero Flores me guiñó el ojo. Y Seño dijo que podía esperar afuera.

Mis hombros se relajaron mucho.

Me senté en la hierba que había detrás de la valla.

Y espera a que oigas esto. Al ratito, el granjero se inclinó por encima de la valla, donde yo estaba. ¡Tenía un pollito amarillo!

Yo sonreí y sonreí con aquella cosita tan linda.

—¡Un pollito! ¡Un pollito! ¿Lo puedo sujetar? Por fa, por fa, por fa —pregunté.

El granjero Flores me puso el pollito en las manos.

Era gordito y suave, y ligero como las plumas.

—¡Oooooh, me encanta, granjero! ¡Me encanta este pollito!

Entonces, puse el pollito en la hierba. Y en mi regazo. Y en mi sombrero de paja. Y también lo puse en mi bolsillo grande.

Me asomé para verlo ahí metido.

—Ojalá te pudiera llevar a casa —dije—. Ojalá te pudiera llevar a casa. Y entonces podrías vivir conmigo y con mi perro Cosquillas para siempre. ¿Te gustaría? ¿Eh? ¿Te gustaría?

El pollito dijo: "pío, pío".

—¡Eh! ¡Has dicho que sí! —dije.

Me di la vuelta.

—¿Ha oído eso, granjero? ¡El pollito dijo que le gustaría venir a casa conmigo!

El granjero movió la cabeza.

—Ay, no sé, Junie B. —dijo—. Creo que no te gustaría que Cresta creciera en tu casa.

Yo fruncí el ceño al hombre ese.

—¿Cresta? ¿Quién es Cresta? —pregunté.

El granjero señaló al pollito.

—Cresta, el pollito —dijo—. Lo llamamos Cresta.

Volví a mirar al pollito.

—Ya, pero lo que pasa es que Cresta no es un buen nombre para un pollito gordito y suave —dije.

—Ya lo sé, Junie B. —dijo—, pero Cresta no va a ser siempre un pollito.

—Ya lo sé —dije—. Porque algún día Cresta va a ser un pollito gigante. ¿A que sí, granjero? ¿A que sí?

El granjero Flores volvió a sacudir su cabeza.

—Eh, bueno, no exactamente —dijo.

Lo miré con curiosidad.

—Muy bien, si Cresta no se va a convertir en un pollito gigante, ¿en qué se va a convertir? —pregunté.

El granjero Flores me quitó a Cresta.

Lo sujetó entre sus manos. Y le acarició su cabeza suave.

—Algún día, Junie B. —dijo—. Cresta será un gallo.

## 8 / Confusión

Yo tenía una gran confusión en la cabeza.

Porque primero odiaba a los gallos.

Pero después me gustaba Cresta.

Solo que Cresta va a ser un gallo.

Y entonces ¿qué se supone que debo hacer?

Después de eso, no hablé mucho. Porque cuando tienes una gran confusión, te quita mucho sitio para pensar.

Y además, a lo mejor tenía que ir a una consulta.

Por fin, los niños terminaron de ver las gallinas. Y salieron por la puerta.

Entonces, el granjero Flores me volvió a tomar de la mano. Y nos llevó a un campo donde había flores.

¡Dijo que podíamos coger flores para nuestras mamás! Porque eso sería como un regalo de la tienda de recuerdos.

Cuando todos teníamos las flores, Seño nos sacó una foto con este señor tan simpático.

¡Y esta es la mejor parte de todas!

¡El granjero Flores se quitó el sombrero!

¡Y SU CABEZA NO ERA COMO UNA CANICA!

Bailé a su alrededor muy contenta.

—¡Granjero Flores! ¡Granjero Flores! ¡Su cabeza no es una canica! ¡Su cabeza no es una canica!

Subió las cejas.

—Eh... gracias —dijo con voz un poco baja.

—¡De nada, granjero! —le contesté—. Porque ¿sabe qué? ¡Que ahora ya no tengo que tener miedo a los gallos!

Salté y salté.

—¡Ahora, a lo mejor solo tengo que tener miedo a las cabras! ¡Como usted! —grité.

Después de eso, el granjero Flores me miró durante un rato muy largo.

Y luego subió sus ojos hasta el cielo.

Yo también miré hacia allí.

Pero no vi nada.

## Junie B. Jones tiene mucho que decir sobre todos y todas las cosas . . .

**su hermanito bebé**

Y ni siquiera es divertido. No sabe ni cómo darse la vuelta, ni sentarse, ni jugar a las damas chinas.

• de *Junie B. Jones y su gran bocota*

**el supermercado**

En ese sitio hay muchas normas. Como no gritar ¡QUIERO HELADO! Y no llamar a mamá mala más que mala cuando no me lo compra.

• de *Junie B. Jones espía un poquirritín*

***giramburguesas***

Corrí por todas partes con la cosa esa. Hice girar una piedra y una flor y una bola de tierra. Y además giré una lagartija muerta que encontré en la rampa de la cochera. Después mamá me quitó el *giramburguesas.*

• de *Junie B. Jones tiene un monstruo debajo de la cama*

## . . . ¡en otros libros de Junie B. Jones escritos por Barbara Park!

**payasos**

Los payasos no son gente normal.

• de *Junie B. Jones y el cumpleaños del malo de Jim*

**palabras de mayores**

Mamá me siguió. Su cara parecía sospechosa. Sospechoso es la palabra que usan los mayores para decir "creo que estás tramando algo".

• de *Junie B. Jones es una peluquera*

**instrucciones para cuidarme**

Las instrucciones para cuidarme son todas esas cosas que no puedo hacer. Como no subirme encima del *frigerador.* Y no pintar con lápiz de labios a mi perro que se llama Cosquillas. Y no hacerle chupar una papa a Ollie. Lo que pasa es que creo que a él no le molestó.

• de *Junie B. Jones y el horrible pastel de frutas*

# Barbara Park dice:

“Cuando cuento que yo crecí en Nueva Jersey, la gente se sorprende al oír que el pueblo donde vivía estaba rodeado de granjas. Y aunque no lo creas, al igual que Junie B. Jones, mi primera excursión de la escuela fue a una granja.

Todavía recuerdo la emoción al subirme al autobús y ver las vacas y los cerdos de cerca. Pero la mejor parte de la excursión fue cuando visitamos a las crías de los animales. No me podía imaginar cuán maravilloso sería vivir con todas aquellas “mascotas” en tu jardín.

Me sorprendió cuando vi que Junie B. no estaba tan emocionada con la visita a la granja como lo estaba yo. Pero claro, si hubiera pensado que iba a haber un gallo viejo con labios picadores, yo también me habría quedado en el autobús. Y ni siquiera se me ocurrió pensar en los ponis...”.